クリシェ

cliché

川村 毅

論創社

目次

クリシェ

◉登場人物

妹
姉
男
執事
男1
男2
スティーブ
ジョー・ギリス（スティーブを演じる者が兼ねてもよい）
桜子

1

ステージ。金髪のジェーン人形が、『パパへの手紙』を歌う。歌い終わると盛大な拍手。いつしかジェーンの両親と姉が立っている。三人の存在は影のようだ。

父　ブラボー、ジェーン。今日のおまえも最高だったよ。さあ、ホテルに戻ろう。
ジェーン人形　あのホテルはキライ。
父　楽屋口はファンのみなさんでいっぱいだ。愛想よく笑顔をふりまくんだよ。
ジェーン人形　ホテルを変えて。
父　どこもいっぱいなんだよ。おまえを見にみんな国中からやって来たんだ。
ジェーン人形　じゃあ戻る前にアイスクリーム買って。いいでしょ？　あたしのお金よ。
母　(たしなめて) ジェーン。
ジェーン人形　ねえ、お姉ちゃんもアイスクリーム食べたいわよね。
姉　……。
ジェーン人形　ねえアイスクリーム買って、ストロベリーの、おっきいの。
父　わかったわかったよ。ブランチ、おまえはどうする？　はっきりしろ、いるのか、いらないのか？

姉　……。

父　もっと笑顔でいるんだよ。まったく陰気臭い娘だ。

姉　しくしくしく。

母　泣くんじゃないの、泣くんじゃないのよブランチ。いつかきっとあなたが注目される日が来るから。（抱き締める）

父　（姉と母に）さあさあ、お客様の前、お客様の前だぞ。笑顔をふりまいて！

人々の歓声と拍手が起こる。家族はそれに応える。

2

カラスの鳴き声がする。男が立っている。胸には短刀が刺さっている。

男　死んでいます……。一突きでやってくれればいいものを心臓を少しばかり逸れたので、痛いの痛くないのって。三十六年間の人生が映画の予告編のように駆け巡って、最後に見た光景は天井に吊るされたほこりだらけのシャンデリア。でもいったん諦めると痛みはすっと引いて……生きようと思うから苦しいのですね。今はもう体も軽くなって元気一杯。
初めまして。私、元気な死体です。棺桶にはまだ早過ぎる。こうなったいきさつを語りましょう。私がこの屋敷に足を踏み入れたのは一月前。燃え上がる緑の季節、新種のメランコリーが皮膚の裏側から芽吹き始める五月。私の職業ですか？　さ迷える劇作家と申します。友達は書き上がらなかった物語。恋人は夜の彼方に飛び散った台詞の数々。夕暮れをながめて立ち去った人々を想い、倉庫番のバイトを失い、居場所を求めてこの屋敷の門までやって来ました。街の噂では怪しげな大邸宅と聞いていたので、『サイコ』か『犬神家の一族』を想像しましたが、路地の突き当たりに構えられた女優の館は、鬱蒼とした樹木に囲まれた和洋折衷の一軒家。門の向こうからは、どこかなつかしい香りがして……そう。ずっと忘れたまま閉じ込めてしまっていた香り。それに心を鷲摑みにされて、ふらふらと……（胸の短刀を抜き）虹の橋俳優養成所はこちらでしょうか？

屋敷の居間が露わになる。和洋が混ざった古めかしい調度品。たくさんの写真立て。テーブル。ソファ。椅子。衝立。襖があってもいいかも知れない。天井にはシャンデリアが吊るされている。全身を映せる姿見があり、それは楽屋の姿見よろしく様々な色の電球で囲まれ、鏡面は布で隠されている。そして大きな人形ボックスのような棺桶が立っている。二階につながるらしい階段があるが、上がった向こうは真っ暗の闇で先に部屋があるのかどうかわからない。
顔中に包帯を巻いた妹が座っている。傍らに執事。男はそのまま立っている。

妹　声がしなかった？
執事　は？
妹　今、外で声がしなかったかしら？
執事　動かないで。
妹　あたしに指図はやめてね。
執事　しばらくじっとしているようにとお医者様が。
妹　しばらくってどれくらい。
執事　残りの人生とおっしゃってました。
妹　あのクリニックにはもう行かないわ。
執事　当分お酒も控えるようにともおっしゃってました。
妹　まっ。生意気ね。
男　あの……

執事　誰だ？
男　チラシを見て……
執事　どうやって入った？
男　鍵がかかってなかったので……
執事　勝手に入って来ていいと思うのか。
男　すいません。
妹　誰が鍵をかけ忘れたのよ？
執事　申し訳ございません。わたくしです。
妹　そこのブロマイドとペンを取って。

執事、ブロマイドとペンを持って来て妹に渡す。妹、ブロマイドにサインをして、男に差し出し、

妹　さっ、これで帰ってちょうだい。
男　(受け取ったブロマイドをじっと見る)ベイビー・ジェーン……
執事　出口はあちらです。
男　天才子役スター、ベイビー・ジェーン・スギハラ。(顔を上げ、妹に)本人ですか？

妹　はあ？
執事　失礼だぞ。
男　（暗唱しているかのように）「いい子のアイドル、ベイビー・ジェーン。みんなベイビー・ジェーンが大好き。ジェーン人形を買ってみんないい子になりましょう」
妹　よろしい。
男　もうとっくに亡くなっていると思ってました。
執事　！
妹　追い出して。
執事　さあ、出た出た。
男　前にあなたをモデルにした劇を書いたことがあります。
妹　劇を書いた？
男　伝説の子役シリーズって枠組みで。
執事　さあさあ、出た出た。
妹　ちょっと待って。包帯を取ってちょうだい。
執事　しかしお医者様が……
妹　いいから取るんだよ。

執事、包帯を外していく。

妹　確かめてごらんなさいな。死人かどうか。

男　感激だ。こんなところで子役界のレジェンドに会えるなんて。

執事　ふざけたことを。子役界なんて世界はない。先生は立派な女優だぞ。

妹　人より少しばかり早く人生を生き過ぎたのよ。それだけのこと。

妹の顔が露わになる。

妹　いかがかしら?

男　……。

妹　その沈黙は何?

執事　この男、先生の美貌に驚き、言葉をなくしております。そうだろ?

男　え?

執事　言葉を発しなさい。

妹　いかがかしら?　あたし。

男　……変わっていません。

妹　どんなふうに変わってないの？
男　つぶらな瞳。愛くるしい口元。ベイビー・ジェーンそのままです。
妹　ありがとう。（急にきっとなって）この男をとっとと追い出して。
執事　かしこまりました。
男　なぜです？　ぼくはここに……

執事、男の腕を摑んで出て行く。妹は姿見の布に手をかけるが、やめてウイスキーのボトルを取り出し、ショットグラスで飲み干す。

妹　この世で許せないのは、あからさまなおべんちゃらと人を虚仮《こけ》にした皮肉。あらやだ。何を言われても頭にくるってことじゃない。

姉が階段から下りて来る。片足が不自由らしく一本の補助器具を使っている。

姉　（階段を下りながら大女優の風情で）今日もまた晴れた陰気な日ね。雨でも降ればいいのに。ずっと降り続ければいいのに。そうすれば人々はみんな陰気になって私は人と同じでいられる。

妹　あら、ごきげんね。
姉　旅立ちの日は雨がいい。誰にも見送られず、気づかれず列車に乗るの。雨季に入った南行きの列車に。
妹　どこかで聞いたことがあるわ。
姉　さあ、南へ。
妹　舞台の台詞じゃない。
姉　明日になれば。明日になればね。
妹　少しは自分の言葉でしゃべってよ。
姉　だんだん言葉が消えていくのよ。出てくるのは昔覚えた台詞ばかり。
妹　自分の出てるビデオばかり見てるからじゃないの？
姉　音がしたけれど、何かあったの？
妹　あたしのファンがおしかけてきたのよ。
姉　あら、よかったじゃない。
妹　熱狂的なファンでね、なかなか帰らなくて。
姉　ジェーン、あなた、お酒飲んだわね？
妹　いいえ。
姉　息が匂うわ。

妹　あら、歯周病はあなたでしょう?
姉　まあ。
妹　あたしを自分と同じだと思わないでね。
姉　お互い年をとったんだから。
妹　あたしを仲間にしないでね。見て、これがあたし。(軽く跳んで) まだいくらだって動ける。あんたと違ってね。
姉　そう言うなら老婆役のオファーを受けることね。
妹　老婆はいつも脇役だからいただけないわ。あんたがやればいいのよ。
姉　無理よ。
妹　プライドが許さないのね。そんなプライド、棄てておしまい。
姉　まあ。オホホホホホ。
妹　何がおかしいのよ。
姉　その言葉、そっくりそのままあなたに返したいわ。
妹　(姉の口調を真似て) まあ。オホホホホホ。
姉　とにかく……
妹　とにかく!
姉　なあに?

妹　とにかくが好きな人よ、あなたは。
姉　とにかくお酒はやめてちょうだい。一度はやめられたんだから、我慢して。
妹　人の指図は受けないわ。
姉　お酒を飲み過ぎると、汚れた感情が溜まっていくから。
妹　何よ、汚れた感情って？
姉　言わなくたってわかるでしょう？
妹　何よ、エラソーに。ブス。
姉　それが汚れた感情よ。
妹　ブス、ブス、ブス、ブス！
姉　わかったから手を貸して。私をそこに運んでちょうだい。
妹　ひとりじゃ何もできないんですからね。
姉　わかってるわ。
妹　わかってるの？　あなたの世話であたしはいくつもの役を棒に振ったんだから。
姉　感謝してるわ。

妹、棺桶の蓋を開けて、姉が棺桶に入るのを助ける。立った棺桶に姉が立ったまま入った格好になる。妹、出て行こうとする。

姉　どこに行くの？
妹　街でお買い物よ。
姉　勝手に銀行からお金をおろすのはやめてね。
妹　自分のをどうしようが勝手じゃない。
姉　私とあなた、ふたりのお金よ。
妹　あたしのよ。この家だってあたしのお金で買ったんじゃない。
姉　でも今あるお金は、ふたりのものよ。
妹　あたしはベイビー・ジェーンよ。（たくさんの手紙を出して来て）ほら、今でもこんなにたくさんのファンレター。みんな、あたしのことは忘れないって。
姉　ジェーン、うちはもうけっこう大変なの。お金を勝手におろさないでね。
妹　うるさいわね。
姉　とにかく……

妹、棺桶の蓋を閉める。

姉　（なかから）ありがと。

妹　……。（出て行く）

3

男　街に戻って今一度ベイビー・ジェーンを調べ直しました。一世を風靡した天才子役の人気はいつしか衰えて、入れ替わるようにスターの階段を駆け上がっていったのは姉のブランチ。ブランチは舞台、映画で活躍して女優として一時代を築いたが、事故の後遺症で表舞台から姿を消した。姉妹ふたりで出席したパーティの帰り、酔っ払ったジェーンの運転する車が屋敷の鉄門に衝突して大破。ジェーンは無事だったが、ブランチは重傷。とまあこういうことになっているのだが、目撃者がいないこの事故はどこか謎めいている。

虹の橋俳優養成所は十年ほど前に始められて、最近になって劇作家の募集を始めました。同期の劇作家スティーブに、顔を出してみないかと誘われていましたが、私にはまだプライドがあった。養成所に向かったスティーブはその後行方不明です。劇作を諦めて田舎にひっこんだとか、ひとやま当ててフロリダに飛んだとかいう噂がまことしやかに流れていました。

屋敷を追い出された私は、珍しくすぐには諦めませんでした。姉妹の謎が、くすぶっていた劇作家魂を駆り立てたのです。

数日後。屋敷の居間。姉がソファに腰掛けてテレビモニターから流れるＤＶＤを見ている。正面を向いて顔にモニターの光が反映して画像は見えず、音声だけが聞こえる。姉は満足そうに微笑んで見入っている。男がひっそり入ってくる。

男　あの、お邪魔します。
姉　どなた？
男　玄関の鍵が開いたままでしたので。
姉　(画像に夢中で) あら、それはそれは。
男　入所を希望したいのですが。
姉　あら、そうなの。
男　スギハラさん、ですね？
姉　ブランチと呼んでくださいな。
男　あの……
姉　こちらに来てご覧になれば。
男　よろしいですか？

姉　どうぞ。

男は近づいて背後からテレビモニターを見る。

男　ウィリアム・インゲの劇ですね。
姉　ええ。
男　おきれいですね。
姉　二十四歳よ、私。
男　二十四歳とは思えない深い演技です。
姉　そうね。たいしたものだわ。
男　このシーン、ぼく好きです。
姉　私もよ。（不意に笑う）
男　おかしいシーンですかね。
姉　（笑いつつ）あなた、これがおかしくないの？
男　そう言われるとおかしいな。
姉　おかしいじゃないの。（笑っているが不意に泣き始める）悲しくておかしい。おかしくて悲しいの。それが人生。（男を見て）あなたはまだ若いからわからないのよ。

男　はあ。

妹がライフル銃を構えて入ってくる。黒のアイパッチという出で立ち。妹、テレビのスイッチをオフにする。

妹　不法侵入者。（男に銃口を向ける）
男　（両腕を上げる）
姉　変なコスプレはおやめなさい。
妹　マーロン・ブランドよ。
姉　ハロウィーンはまだ先よ。
妹　（男が腕を下げようとするのを）おら。
男　（両腕を上げる）
姉　入所希望者よ。
妹　入所希望者？　入りたいの？
男　お願いします。
姉　将来有望な青年よ。
妹　いくつ？

男　三十六です。
妹　遅過ぎるわ。
姉　あら、そんなことなくってよ。
妹　あたしみたいに子供の頃からやってないと駄目。
姉　人それぞれよ。
妹　あなた誰か紹介者はいるの？
男　いません。
妹　親戚にショービズ関係者がいるとかは？
男　まったくおりません。
妹　帰ってちょうだいね。
男　劇作家募集のチラシを見てやって来ました。
妹　（ライフル銃を下ろし）あなた、劇作家？
男　ええ。俳優志望ではなくて。
妹　早く言ってよお。
男　このあいだ来た時に……
妹　このあいだ来た？
男　はい。

妹　嘘おっしゃい。あなたここ初めてでしょ？
男　いえ……
妹　初めてでしょ？
姉　「はい」と言っとけばいいのよ。
妹　なによ、その言い草。
姉　はいはい、あなたがただしゅうございます。
男　劇を書かせてください。おふたりを主演にしたストーリーをいろいろ考えました。
妹　おふたりい?!
男　二大女優共演です。
妹　（姉を指し）このひとにはできませんよ。こんな体なんですから。
男　今のままで出られる設定で。
姉　まあ。
妹　あたし嫌よ、舞台の上でもこのひとの世話するの。このひとは無理です。あたしのことだけを考えてくれればいいんです。
男　しかし……
姉　いいのよ。私はもう舞台に上がる気はないわ。
妹　（男に）そういうことよ。

姉　ジェーンがもう一度輝いてくれれば、それでいいんだから。
妹　まあ。ご立派なお言葉、ありがとうございます。
男　わかりました。考えます。
妹　何を考えるのよ、まだ誰も頼んじゃないわよ。あなた本当に劇作家なの？
男　書いたものをお見せしましょうか？
妹　今あるの？
男　いえ、一度アパートに戻らないと。
妹　けっこうよ。ちょっと待ってて。（去る）
男　（姉に）あの、気に入ったものを書けば上演していただけるということなんですか？
姉　もう一度舞台に立つのがあの子の夢ですからね。なんとか力になって欲しいけど、適当にね、適当に。
男　適当とは？

妹が戻って来る。原稿を持っている。

妹　新しいストーリーはいらないから。未完のこの戯曲を書き継いでちょうだい。
男　（原稿を受け取り、タイトルを読む）『オイディプス姫』？

妹　オイディプスを女性に書き換えてちょうだいな。
姉　ハハハハハハ。
妹　なに笑ってんのよ、あんた。
姉　男じゃなくちゃ無理だって言ってるでしょう。
妹　どうしてよ？
姉　ふたつの睾丸のバランスで立ってる生物じゃなけりゃ、あのセリフは言えないわ。
妹　いいえ。今の男たちには壮大なセリフは無理です。運命を背負ったセリフを言えるのは、あたしたち女です。オイディプス王なんてどこにもいない、これからの時代はオイディプス姫！　そう思わない？　あなた。
男　よろしいと思います。
妹　あなた、なかなかにスマートね。
男　お褒めに与かりまして光栄です。
妹　礼儀正しいところもけっこう。あなた、やってごらんなさいまし。
男　途中までは書かれてるんですね？
妹　だから未完だって言ってんだろうが。人の話はよおく聞いておくのよ。
男　誰が書いたんです？
妹　誰が書いた？（姉を見て）あら？　これ誰が書いたんでしたっけ？

姉　養成所のメンバー共同ではなくって？
妹　そうだった、そうだった。ワークショップでつなげていったんだわ。でも、やっぱり最後はプロの手で仕上げてもらわないとね。
男　やらせてください。
妹　傑作でなければ採用いたしませんよ。
男　期限はいつまでですか？
妹　書き上げた時が締め切り日。今からこの家でカンヅメになっていただきます。
男　でも着替えとかいろいろ準備が……
妹　そんなものはこちらが全部用意させていただきます。あなたの今の格好、劇作家のお姿ではないわ。劇作家というものはね、すっとしててかっこよくなければならないものなのよ。そういうこともここでお勉強してちょうだいね。

執事がやって来る。

執事　お稽古のお時間です。
妹　（男を指し）このお方、今度の作家先生ですから。お世話をしてあげてちょうだい。
執事　かしこまりました。

妹、去る。

執事　（誰に言うわけでもなく、大声で）ライター・グッズ！（走り去る）
姉　（男に）手を貸してくださる？

男、姉が立ち上がろうとするのを助ける。

姉　あなた、アカイケさんじゃなくって？
男　はい。ぼくは、サム・アカイケです。
姉　そうだと思ったわ。
男　なぜぼくのことを？
姉　有望新人じゃない。
男　かつてですね。
姉　ご謙遜ね。
男　もう新人ではありませんから。
姉　ベテランね。

男　列車に乗り損ねた人間です。
姉　まあ。
男　うれしいです。知っていてくれて。
姉　私、あなたの読んでますよ。
男　光栄です！
姉　ベイビー・ジェーンについても書いてらしたわね。
男　読んでらっしゃる?!
姉　よく書けてはいたけど、真実は書かれていなかったわ。
男　不明な点が多くて。
姉　事実と真実は違うわ。
男　その通りです。
姉　あなた、このお仕事、引き受けるおつもり？
男　はい。喜んで。
姉　大変よ。
男　……はい。書くことはいつも楽ではありません。あの、スティーブ・オーエンはご存じですか？
姉　誰？

男　劇作家です。以前ここに来たと思うんですが。
姉　知りません。私、養成所のことはノータッチですので。
男　ジェーンさんは知ってるかな。
姉　あの子に聞いても無駄よ。あなた、ここでお書きになるの？
男　そういうことになりそうです。よろしくお願いします。
姉　気をつけなさいね。
男　は？
姉　二階の左奥の部屋には入らないように。
男　二階の左奥の部屋……
姉　とにかく気をつけることですよ。

姉、去る。入れ替わりに男1、男2がばたばた出て来て、ばたばた男を着替えさせる。

男　ちょっと君たち……
男1　ジェーンさんのご命令だ。おとなしくしてろ。
男　君たち、どこかで見たことのある顔だな。

着替えが終わる。男はスーツ姿になっている。男1が姿見の布を取り、男をその前に導く。男は鏡で自分の姿を確認する。

男1　まああだな。
男2　まだまだだ。
男1　これからに期待しよう。
男2　これからの作家だからな。
男　まだ捨てたもんじゃない。……思い出した。（男1を指差し）君はもしかして『南海の王子ボン』のボンちゃんか？
男1　よくわかったな。
男　君たちもかつての子役だな。
男2　ぼくを当ててみろよ。
男　見た顔なんだ。喉まで出かかってるんだが。
男2　「悪魔のトンコツ、紐で巻いてチャーシューにして見せるぞ」
男　『妖怪少年ダン吉』のダン吉！
男2　うれしいよ。
男1　素晴らしい。ふたりとも当てた人は初めてだ。

男　あなた方はかつてブラウン管で活躍した子役スターだ！

男1、男2、慎ましくうれしがる。覚えていてくれたことにうれしさは隠せない。

男　君たちがなんでここに？
男1　いい質問だ。ぼくたちは芸能界をやめてやっと演じることから解放された。でも、大人になって演じなくなったぼくたちは、いらないものになってしまった。
男2　今となっては演じることがどういうことかも忘れてしまった。だからここに入ってもう一度演技の勉強をしてるんだ。芸能界復帰のためじゃない。
男1　社会復帰のために。
男2　社会復帰のためにね。
男1　お稽古の時間だ。行こう。
男　ぼくはどうすれば……
男1　自分の仕事をするんだよ。
男2　ジェーンさんのために書くんだよ。あのひとはいい人だよ。
男1　うん。いい人だ。

男たち、去る。

男　（改めて台本を見る）『オイディプス姫』か……（ページをめくって読む。何かに気づく。読む速度が増す）これは……この書き方は……間違いない、スティーブの文体だ。

背後の姿見に血まみれのスティーブらしき男が映っている。

男　（気配に気づき、台本から顔を上げる。姿見の男は消えている。鏡に近づき自分が映っているのを確認して振り返り、正面を向いて）そういうわけで、私物の一切が没収され、外界との交通は断たれました。日当たりのいい部屋をあてがわれて、執筆の環境は最高でした。書棚には古今東西の名作戯曲がずらりと並び、往年の名画はＤＶＤで見放題。小ぶりのバー・カウンターがあって、スコッチ、アイリッシュ、バーボン、ヤマザキ、何でも自由に飲めました。禁酒を誓っていた私には拷問部屋に入れられたようなものです。食事は三食上げ膳据え膳。執筆は順調というわけにはいきませんでした。スティーブと私の文体はあまりに違い過ぎたからです。つまり、そこで、案の定、定石通り、ある日の失われた週末、ウイスキーのボトルに手が伸びました。堤防が決壊したのです。ついに禁断のガソリンが注入されたのです。

その夜のことを語りましょう。満月の晩で時計は零時を回っていました。部屋の扉がノックされ、深夜の舞台稽古に招かれたのです。

男の背後で芝居が始まっている。執事、男1、男2、舞台衣装らしき格好でいる。男1は棺桶のなかに入っている。

執事　「いかにも美しい、今宵の王女サロメは！」
男2　「見ろ、あの月を。不思議な月だな。どう見ても墓から抜け出して来た女のよう。まるで死んだ女そっくり。どう見ても屍を漁《あさ》り歩く女のよう。」
執事　「まるで死んだ女のよう。それがまたたいそうゆっくり動いている。」

サロメの衣装を着た妹が階段の上から現れる。下りながら、

妹　「あそこはいや。とても我慢できない。なぜ王はあたしを見てばかりいるのだろう。まぶたを震わせ、もぐらのような目をして……妙なこと、母上の夫ともあろうに、あんな目であたしを見るなんて。あたしにはわからない、どういう意味なのか……いいえ、本当はわかっているの。」

男1　「この女は何者だ、おれを見ているのは。見てはならぬ。隈どれるまぶたの下から金色の目でなにゆえおれを見つめるのか。何者かは知らぬ。知りたいとも思わぬ。連れて行け。この女ではない、おれの話したいのは。」
妹　「あたしはサロメだよ、エロディアスの娘、ユダヤの王女。」
男1　「触るな！　バビロンの娘！　ソドムの娘！　触ってはならぬ。」
妹　「あたしはおまえの口に口づけするよ、ヨカナーン。」
男2　「王女さま、王女さま、あなたはミルラの茂み、鳩の鳩、そのあなたが見てはなりませぬ、この男をごらんになっては！」
もっと紋切り型にやってちょうだい。
男2　「この男にそのようなことをおっしゃってはなりませぬ。耐えられませぬ。王女さま、王女さま、そのようなことをおっしゃってはなりませぬ。」（短刀を取り出す）
妹　「あたしはおまえの口に口づけするよ、ヨカナーン。」
男2　「ああ！」（短刀で自らを刺し、倒れる）
執事　「シリアの若者は自殺してしまった！」
妹　紋切り型に！
執事　「王女さま、若い隊長がみずから死にました。」
妹　「おまえの口に口づけさせておくれ、ヨカナーン。」

男1　「呪いあれ、近親相姦の母より生まれし娘、おまえの上に呪いを！」
妹　「あたしはおまえに口づけする、ヨカナーン。」
男1　「おれはおまえを見たくはない。もう二度と見ぬぞ。おまえは呪われているのだ、サロメ、おまえは呪われているのだ。」

棺桶の蓋がゆっくり閉じられる。

妹　「あたしはおまえに口づけするよ、ヨカナーン。（混乱しつつ）何か言ってちょうだい、ヨカナーン……」ん？　ヨカナーン……（明らかに台詞が止まった様子）次はなんでしたっけ？
執事　一気に最後の台詞です。
妹　「ああ、おまえはその口に口づけさせてくれなかったわね、ヨカナーン。」
執事　そうです。
妹　「今こそその口づけを。」……なんでしたっけ？　言葉をちょうだい、誰か、言葉をちょうだい！

よろよろと姿見の前に来る。電球が輝き出す。妹、鏡のなかの自分を見る。そのグロテ

スクさを目の当たりにして、

妹　ああーっ！

絶望的な叫びをあげて顔を覆い、突っ伏す。執事が駆け寄り、抱き起こす。男1、棺桶から出てきて、男2と見守る。

執事　しっかりしてください。
妹　（鏡を指差し）誰、あの年寄りは？
執事　ここに年寄りはおりません。
妹　いたわよ、変なおばあさんが。
執事　もう一度鏡をご覧なさい。勇気を振り絞って。

妹、恐る恐る近づき、鏡を見る。とそこにはジェーン人形が映っている。

妹　ベイビー・ジェーン！
執事　そうですとも。ほら、（手紙の束を取り出し）今日もファンレターがたくさん届いております。

妹　パパ、怖い。パパはどこ？

執事　（声色を変えて）ここにいるよ。

妹　あたい、怖い。久しぶりの舞台なんですもの。パパ、手を握って。

執事　（妹の手を握り）大丈夫だよ、ジェーン。君ならできる。

執事、『パパへの手紙』を歌い始める。男1、男2も歌に加わる。歌いながら妹を立たせ、軽く踊らせる。踊り終えると執事、男1、男2が拍手し、「ブラボー」などなど賛辞を送る。男は呆然としているが、執事に促されて手を叩く。すっかり機嫌を取り戻した妹は男に近づき、

妹　いかがでした？

男　え……そりゃもう……

妹　そりゃもう?!

男　勉強になりました。

妹　勉強なんぞしなくてよろしい。楽しめたかどうか聞いてるの？

男　そりゃもう。

妹　参考になったでしょ？　歌を入れてちょうだいね。
男　歌？
妹　オイディプス姫はこの歌を歌うからね。
男　はあ。
妹　みなさん、とってもいいお稽古でした。お疲れさま。（出て行く）
男たち　（口々に）お疲れさまでした。

男は鏡に近づき、探ろうとする。と執事が止め、布で覆う。

執事　部屋に戻れよ。
男　命令するなよ。
執事　おまえは先生のために戯曲を書き上げるんだ。
男　あんなんじゃ、まともにはつきあえないな。
執事　書き上げるまでは一歩も外に出てはいけない。
男　ふざけるな。深夜のバーでいっぱいやらせてもらうよ。
執事　酒ならここにいくらでもあるだろ。
男　バーの空気が恋しいんだ。

執事　どうしてもというなら私を殺してから行け。
男　冗談だろ。
執事　この家で冗談を言っていいのはジェーンさんとブランチさんだけだ。
男　君の出自がわかってきたよ。
執事　どうやらそのようだな。
男　ファンレターを書いてるのは、君だな。
執事　文面は全部私が考えてる。みんなでそれを手分けしてせっせとな。
男　とすると、君は元映画監督だ。
執事　惜しいね。演出家だよ。ジェーンの舞台を演出した。ブランチの舞台もだ。台本も私が書きたいところだが、あいにく才能なしだ。部屋に戻れ、作家先生。逃げたって無駄だ。必ず見つけて連れ戻す。書き上げるまでは、放さないからな。
男　そういうことなら、こっちにも考えがある。
執事　変な考えは起こさないほうがいい。
男　書けばいいんだろ？　好きに書かせてもらうぞ。
執事　どういうことだ？
男　好きに書かせてもらうってことだ。

4

翌日。昼間。姉がテレビモニターを見て微笑んでいる。男がひっそりとやって来て、背後からモニターを見る。

男　これは、コーピットの劇ですね。
姉　ええ。
男　『ああ父さん、かわいそうな父さん、母さんがあんたを洋服だんすのなかにぶら下げてるのだものね　ぼくはほんとに悲しいよ』ですね？
姉　まあ。よく長いタイトルをすらすらと。
男　実を言うとぼくはあなたのファンです。
姉　まあ。見て、三十五歳の私。
男　おきれいですね。
姉　ええ。……ん？　なんておっしゃいました？
男　ぼくはあなたのファンです。
姉　まあ。なぜ最初に言わなかったのかしら。

男　ジェーンさんがそばにいたもんですから。
姉　（テレビをオフにして）ジェーンはどこ？
男　出掛けました。
姉　あの子、またお金を下ろしに行ったんじゃないかしら。あなた、後を尾《つ》けてくださらない？
男　外出はできません。
姉　まあ。大変なお仕事ね。
男　苦にはなりません。基本、書くことは好きですから。
姉　有望な新人作家だったわね。
男　それはもう言わないでください。
姉　ごめんなさいね。いつまでここにいるおつもり？
男　戯曲が上がるまでです。
姉　あなた本気でやっているの？
男　頼まれた仕事ですから。
姉　仕上げたところで、上演するプロデューサーがいると思って？
男　えっ?!
姉　何を驚いているの？

男　あなたがそんなことをおっしゃるとは。
姉　老女のオイディプスよ。コメディじゃない。
男　コメディじゃなかったんですか?!
姉　(呆れて) まあ。
男　難しいことは確かです。早くも壁にぶちあたってしまった。
姉　あの子の言うことをいちいち真に受けていては駄目よ。あの子ったら、最近日に日に妄想がひどくなっていく。
男　妄想ですか……
姉　妄想と物忘れ。台詞もすらすら出て来ない。今さらカムバックなんて無理に決まってるでしょう。アルコールにやられるまでは、それなりに才能はあったんです。あの子のおかげで私たち家族は生き延びたんだし。あたし、あの子には感謝してるの。しきれないほど感謝してるの。だから大人になってからもあの子とも契約するようにって製作会社に頼んだの。でもいつも大切な日の前の晩に飲み過ぎて穴を空けてしまう。この先どうなるか不安だらけね。維持費のかかり過ぎるこの家は売りたいんだけど、あの子が嫌がるの。ここにはパパの思い出が詰まってるからね。あの子はパパっ子だったの。よく喧嘩もしていたけど結局似た者どうしなのよ。強がりの見えっ張りで、プライドが高くて。そのくせ精巧なガラス細工のように脆いの。一度倒れるとも

男　う起き上がれない。攻めてる時は華々しく輝くけど、守りは苦手で引き籠もってしまう。年をとっていくにつれて被害妄想も強くなって、まともな話し合いができないのよ。

姉　まずはアルコールを取り上げることですかね。

男　無理だわ。

姉　アルコール中毒の患者に必要なことは、自分が病気だと認識させることです。

男　おくわしいのね。

姉　ぼくは依存症からの生還者ですので。

男　まあ。お若いのに。

姉　ぼちぼちですよ。

男　苦労してるのね。

姉　自業自得です。

男　本当は何をお書きになりたいの？

姉　メロドラマです。

男　まあ。

姉　ブランチさんを主役に据えた劇を書きたい。

……まあ。

男　お差し支えなければいろいろ聞かせていただけませんか？
姉　私のことを？
男　参考にしたいんです。
姉　私の事実を書きたいの？
男　いいえ。真実です。
姉　いいでしょう。何を聞きたいの？
男　謎です。あなたとジェーンさんの謎。
姉　謎なんかないわ。ただ悲し過ぎる出来事を削除してるだけで。
男　それはほじくり返されたくはない？
姉　話すわ。劇のためなら。
男　お願いします。
姉　あなた、本気ね？
男　ぼくの目を見てください。
姉　濁ってるわ。
男　上等のスコッチのせいです。
姉　やめたんじゃなかったの？
男　劇のために再開させました。

姉　まあ。

男　不躾にお尋ねしていいですか？

姉　いいわ。劇のためなら。（歌う）劇のためなら〜劇のためなら〜（止めて）ご存じかしら？　私が演じたミュージカルのフレーズ。

男　（関心なさげに）ああ、そうですか。（メモを取り出し）まずお母様だ。お母様の存在があなた方姉妹の……

姉　ちょっとお待ちになって。姉妹？

男　ええ。

姉　姉妹なの？

男　何かお気に召さないことが？

姉　あなた、姉妹の劇をお書きになられるおつもり？　私の劇ではなかったの？

男　ああ。失礼。言い方を間違えました。

姉　最初にボタンをかけ違えると後で厄介なことになりますからね。

男　おっしゃる通りです。主役はあくまであなたです。

姉　けっこうです。

男　やり直します。お母様の存在がブランチさんのまわりからぷっつり消えてるんです。この家にいる気配もない。どこか別のところでひとりでお住まいで？

姉　母は死にました。政治家になった父の浮気を苦にして首を吊ったんです。あそこの階段の手摺りから。昔父のために編んだマフラーを垂らして。その夜も父は帰っては来なかった。父の相手は女優のスーザン・ズブロッカ。あとにそれがスキャンダルとして発覚して父は失脚した。父はアルコールを手放せなくなった。私は女優になろうと決意した。女優になってズブロッカを抜いて母の復讐を果たそうと思ったのです。

男　ほほう。女優になった動機はジェーンさんへの競争心ではないんだ。

姉　そんな。あの子には感謝しかありません。

男　次の謎に移らせていただきます。あなた方にはお子さんがいたという噂がありますが、事実ですか？

姉　……私の子です。

男　お子さんは今……

姉　大女優の素質があった子だったわ。

男　お嬢さんだったんですか。

姉　とても感受性豊かな子で天性の芸術家だった。……桜子は亡くなりました。

男　え。それはまあ、なんと言ったらいいのか……。

姉　あの事故の時、桜子は私たちと一緒だったの。

男　事故というのは、二十五年前の？

姉　桜子はあの車に乗っていたの。妹のことを思って事実はもみ消したわ。父の古い友人の力を借りて。

男　それじゃあまるでジェーンさんが死なせたようなもんじゃ……

姉　罪の意識がいっそう妹を飲酒に駆り立てている。飲酒を始めたきっかけは父の失脚だった。父のお酒に妹は律義につきあったの。それから二年後、舞台の失敗のせいで本格的に量が増したわ。

男　『サロメ』ですね。そのことは当時の記事を読み漁りました。製作会社が乗り気じゃなかったのをスターであるあなたがゴリ押しで実現させた。ジェーンさんはサロメを演じた。結果は散々だったようですね。印象深かったものでね、メモしてしまいましたよ。（読む）「かつての名声にすがるベイビー・ジェーンのサロメは大袈裟なだけで限りなく紋切り型である。」

姉　あの子にチャンスをあげたかったんだけど。

男　でもブランチさん、あなたにとっては得になりましたね。妹思いの姉としてますますあなたの株は上がったんだし。

姉　まあ。なんてことを。

男　失礼。

姉　私、疲れました。しゃべり過ぎたわ。ちょっと手を貸して。棺桶のなかに入れてちょうだい。

男、戸惑いながら姉が棺桶に入る手助けをする。

姉　（入って）こうしていると落ち着くわ。父が作らせてここに置いたの。臆病でね、死んだ時怖くないように寂しくないように練習しておこうって、暇を見つけてはこのなかに入って。おかしなパパねって私たち笑ってた。でも父が死んで自分がこうしてみると父が正しかったことがわかったの。人間ちゃんと死ぬ練習しておかなくちゃ。いつやって来るんだかわからないんだから、準備しておかなくちゃ。はあ、いい気持ち。死体になればもう何も演じなくて済むんだわ。

男　もう舞台には出たくない？

姉　馬鹿ね。生きていることが演じることなのよ。今を生きようと思っても、邪魔をするのはいつだって過去。一度死んだふりをして人生をリセットしないと不測の将来に立ち向かえないのよ。

男　機会があればカムバックを希望されるというわけですね？

姉　女優にそんな質問をするものではないわ。

男　（棺桶全体をしみじみ眺めて）よくお似合いです。

妹が、帰って来る。

妹　またそんなところに入って。陰気な女。
姉　どこに行ってたの？
妹　銀行よ。
姉　まあ。
妹　（真似して）まあ。
姉　とにかく……
妹　（遮って）あなたもたまには外の空気吸ったほうがいいわよ。健康になるわ。
姉　ジェーン、私をあんまりいじめないでちょうだい。
妹　まあ、人聞きの悪い。
男　とにかくお金は大切にしたほうがいいですよ。
妹　は？
男　お酒もほどほどにしたほうがいいですよ。
妹　ふたりで何を話していたの？
姉　昔の映画のこと。

妹　昔の映画？

男　昔の映画のような家族の過去です。

妹　過去?!　くだらない。

男　あなたがベイビー・ジェーンだった頃。素晴らしい過去じゃないですか。

妹　あれは過去なんかじゃないわ。今でもたくさんのファンから手紙が届くんだから。みんな、あたしのことを忘れないって。あたしは今でもベイビー・ジェーン。

男　その後のことはお忘れですか？

妹　その後のことって何？　あたしはベイビー・ジェーン。過去なんてない。

男　事故もなかった？

妹　事故？

男　あの時の自動車事故です。

妹　(姉に) 何をしゃべったのよ？

男　ぼくが自分で調べました。

妹　……忘れたわ。

車がスピードを上げるエンジン音。何かに激突した音。クラクションが響き渡る。

妹　あーっ。（耳を塞ぎ）覚えてない、何も覚えてない。なんであんなに酔っていたあたしにハンドルを握らせたの？
姉　止めたのよ。でもあなたは聞かなかった。あなたは決して人の言うことを聞かない。子供の頃からそう。パーティであなたはベロベロだった。何もなく家に着いたのが奇跡だったのかも知れない。私はほっとして門を開けに車から降りた。振り返ると私に向かって車が突進してきた。
妹　覚えてないのよ。アクセルを踏んだ記憶もないのよ。
姉　あなたはすぐにその場から逃げた。三日後安宿で男といるところを発見された。
妹　ああ、痛い！（と自分の体を抱き締め）助けて、警官があたしを取り囲んでる！
姉　大丈夫よ、ジェーン。全部もみ消したわ。私の力でね。
妹　（急に冷静になって）自分のためじゃない。自分の名前に傷がつくからじゃない。（出て行く）
姉　あなた。
男　はい。
姉　ご覧の通りよ。メロドラマをお書きになって。恥ずかしげもない、思いっきりクリシェなやつを。

5

男1、男2がいる。男2は腹話術の人形のメイク、南海の王子ボンの衣装を着て男1の膝の上に乗っている。腹話術師と人形を演じるふたりをジェーン人形が椅子に座って眺めている。男が陰からこの光景を見ている。

男1　やあボンちゃん、元気かい。
男2　（人形の声色で）元気なわけねえだろ。
男1　おやおや、こりゃごあいさつだなあ。不機嫌はいけないよ。みんなボンちゃんを見に来てくれたんだからね。さあみなさんにごあいさつして。
男2　南海の王子ボンだ。おれを見に来るなんてよっぽどの暇人だな。
男1　おやおや、そんな態度はいけないよ。君はスターさんなんだから。
男2　スターなんだからなに言ってもいいんだ。
男1　スターに必要なのは気遣いだよ。
男2　気遣いだと?!
男1　ああ。それがなくてぼくは駄目になったんだ。

男2　そいつは気の毒だったな。
男1　今日ボンちゃんに話してもらいたいことはスターさんの実生活についてなんだ。
男2　知らねえよ、そんなもん。
男1　そんなこと言わないで。君は誰もが羨む人気者なんだから。
男2　みんな忘れちまってるよ。
男1　そんなことはない。今でもファンレターが届くだろう？　さ、みなさんにスターの生活を語っておくれよ。
男2　自分でしゃべれよ。
男1　ぼくはボンちゃんじゃない。
男2　じゃあ、おまえは誰なんだ？
男1　ぼくは……
男2　ボンだろっ。
男1　ぼくはボンじゃない。君は有名だけど、ぼくのことなんか誰も知らない。
男2　おまえは大人になったボンだろっ。
男1　大人になったボンなんていないんだよ。
男2　それじゃあボンはどこにいるんだよ。
男1　だから君がボンなんだよ。

男2　本当のボンはおまえだ。おれの言葉はおれのものじゃない。おまえが黙れば、おれはしゃべれない。
男1　開き直ったな。
男2　おまえがいなけりゃ、おれはいないんだ。
男1　それは違うよ、ボンちゃん。大切なのはいつだって君のほうなんだ。さ、語っておくれよ、栄光の人生を。
男2　自分でしゃべれよ。
男1　そうか。君がそこまで言うのならふたりで黙っていよう。

ふたり、しばし黙る。

男1　どうしても話さない気なんだね。
男2　ああ。
男1　わかったよ。もう頼まないよ。
男2　どうしようってんだ?
男1　ひとりで生きていくさ。
男2　できるのかね?

男1　困るのは君のほうだぞ。
男2　どうだかねえ。

男1、男2を置いて離れる。

男1　(何かをしゃべろうとするが無理だ)
男2　やっぱりな。
男1　(何かをしゃべろうとするが無理だ)
男2　おれはもともと人形だからしゃべらなくても困らない。困らないから、そら、かえってしゃべれるぞ。精神的余裕ってやつだ。
男1　(何かをしゃべろうとするが無理だ)
男2　怒らないから戻って来いよ。
男1　(椅子に戻って)すみませんでした。
男2　わかったか?　おれがいなけりゃ、おまえはいないんだ。
男1　では、ボンちゃん、今日はスターさんの実生活についてしゃべってくれないかなあ。
男2　自分で語りなさい。
男1　わかりました。こんちわー、南海の王子ボンです。ぼくがどうして落ちぶれていった男2　かを知りたいんだね？
男1　そうそう。楽しいからね。
　　　大人になって窃盗やって捕まったんだ。初犯だったから実刑は勘弁されたんだけど、癖になって何回も窃盗を繰り返してしまった。（不意に止めて）ちょっと待って。わからなくなってきたぞ。これでいいのか？
男2　（声を地に戻して）これでいいのだ。
男1　なんだかもやもやするなあ。先生、どう思いますか？
ジェーン人形　続けることね。もやもやを味方にするのよ。
男1　もやもやを味方？
ジェーン人形　すっきりした演技なんてあり得ません。ずっともやもやしていなさい。
男1　そんな……
ジェーン人形　生きてること自体がもやもやだらけなんだから。

　　　執事が出て来て、男を取り押さえる。

ジェーン人形　きゃーっ！
執事　ここには入るなと言われたろう。きさま、出てけ。

執事、男と出て行く。

ジェーン人形　びっくりした。あのひとが今度の劇作家ね？
男1　はい。
ジェーン人形　才能あるの？
男1　いいひとです。
男2　ええ。とってもいいひとです。
ジェーン人形　才能のことを聞いてるの。
男1　書いているようです。
ジェーン人形　わかったわ。さ、気を取り直してチェンジして。
男2　チェンジ？　メイクを落とさないと。
男1　メイクをしないと。
ジェーン人形　いいから、そのままやりなさい。
男2　わかりました。ほれ、乗りな。

男2の膝の上に男1が乗る。

男2　重いな。こんにちわ、ダン吉君、元気かい。
男1　（人形の声色で）元気なわけねえだろ。
男2　おやおや、こりゃごあいさつだなあ。
男1　ダン吉、おまえがどうして落ちぶれたかを聞かせておくれよ。
男2　嫌だね。
男1　ずるいぞ。さっきぼくは語ったんだぞ。
男2　不法薬物だよ。
男1　ゲッ、不法薬物ときたか。
男2　ああ。不法薬物だ。
男1　そうか。もういいよ。
男2　もやもやするなあ。
男1　もやもやしてきたか？
男2　ああ。
男1　一発キメてすっきりするか？
男2　やめてくれよ。
男1　おれ、いいの持ってるぜ。

男2　やめてくれ。
男1　一回ぐらいならどうってこと……
男2　やめてくれー！

男2、男1の首を絞める。

ジェーン人形　おやめなさい、おやめなさい。
男1　……。
男2　……。
ジェーン人形　いい子のアイドルのあんたたちがそういうことでどうするの？　あんたたちの気持ちはよくわかるわ。だってあたしもいい子のアイドルだもの。もやもやを楽しむの。そうすればきっと第二の人生が花開くわ。あたしを信じる？
男2　はい。
男1　信じます。
ジェーン人形　この世で一番きれいな女優は誰？
男1　あなたです。
ジェーン人形　この世で一番才能ある女優は誰？

男2　あなたです。
ジェーン人形　よろしい。さあ、続けなさい。

6

居間。妹がウイスキーを飲みながら原稿を読んでいる。男と執事が入って来る。

男　放せ、放せよ。
妹　何事？
執事　こいつが二階の部屋に忍び込んでいたもので。
妹　二階の部屋に……
執事　あの部屋には近づくなと言われたろうが。
男　わかったから、放せよ。
妹　誰から近づくなと言われたの？
男　ブランチさんです。
妹　あらそうなの。ブランチがそう言ったの。放しておやり。（執事が男を放すのを見て）あなた、もうひっこんでいいわよ。

執事　かしこまりました。（出て行く）
妹　部屋で何をしてたの？
男　いや、何も。声がしたので扉を開けてみたまでで。
妹　何を見たの？
男　腹話術です。人形の声はあなたがやっているものとばかり。
妹　人形の声？
男　ええ。女の子の人形です。先生と呼ばれてましたから、てっきりあなたがやっているのだと。
妹　あたしはここにいたわよ。
男　ということは、あれはブランチさん？
妹　何を言ってるんだか、さっぱり。
男　ぼくもわかりません。
妹　あなた、酔ってるの？
男　ぼくは飲みません。一度口にすると頭のなかでカチッと鳴るまで飲んでしまうので。
妹　じゃあ、鳴らしなさいな。

妹、グラスにウイスキーを注ぐ。男、飲む。一気に干してしまう。

妹　まあ。頼もしいわ。そういう殿方好みよ。好きにやってちょうだい。

妹、ボトルを男に投げる。男、受け取り以後勝手に注いで飲み続ける。

妹　あたしのこと嫌いでしょ？
男　何をおっしゃる。
妹　本当のこと言うと嫌いでしょ？
男　何をおっしゃる、うさぎさん。（酔いつつある）
妹　それじゃあブランチとあたしとではどっちが好き？
男　そんなこたあ答えられませんよ。
妹　ほらね、やっぱり嫌いなんだわ。最後はみんなあたしを嫌いになる。
男　いいじゃないですか、好かれなくたって。
妹　あたしは女優よ。女優でなくなったら、あたしは誰でもなくなってしまう。
男　人間はそもそも誰でもないはずなんじゃないですかね。でも、誰もが誰でもないままでいることができない。誰かになっていくこと、それが成長ですね。ところがあなたは生まれてすぐにベイビー・ジェーンになってしまった。最初から誰かでいたのがあなただ。だから今あなたに必要なことは誰でもない者になるという決意かも知れないですね。処方箋はいろいろあるだろうが、そう例えばあの棺桶だ。あのなかに入ってみるのも一興かも知れない。頭に貫通しているように見せかける弓矢のオモチャがあるでしょ。あれなんぞを頭につけて胸に手を組んで死体になったと思うんですよ。文字通り死んだようによく眠るんです。目を覚ました時世界は違って見えるかも知れない。

妹　ぺらぺらぺらぺら、この酔っ払いが。

男　ぼくの場合、統計的には酔ったほうが真理を語りますね。それで人から嫌われる。嫌われることに慣れてる。あなたと似た者どうしかも知れない。

妹　ぺらぺらぺらぺら。あそこに入ってみろだなんて。やっぱりできてるのね、ブランチと。

男　こりゃ、まいったな。

妹　（手にしていた原稿を掲げ）この戯曲は何よ。これは『オイディプス姫』じゃないじゃないの。あなた、ブランチのためにこれを書いてるんでしょ？

男　いや、そういうわけじゃ……

妹　わかってるのよ。そういう女なのよ、あの人は。あたしがカムバックするのを恐がって邪魔しようって魂胆なのよ。そうはいくもんですか。（原稿を破こうとする）

男　破かないで。（妹、止まる）ジェーンさん、それはあなたのために書いたんです。『オイディプス姫』が進まないので、気晴らしに書きだしてみたんです。
妹　嘘おっしゃい。
男　嘘ではありません。
妹　ふん。気晴らしにしちゃ、よく書けてるわ。
男　やった。
妹　このヒロインは……
男　あなたを想定しています。
妹　嘘おっしゃい。
男　嘘ではない。
妹　だってこのヒロインは母親のことばかり話しているじゃない。まるでブランチだわ。
男　あなたからはまだいろいろなことを聞いてないからです。
妹　聞きなさいよ。
男　あなたはいつも酔ってるから。どうです、この際すっぱりアルコールを断たれては。
妹　カチッと鳴らすあなたに言われたくはないわ。
男　体に溜まった垢を洗い流すんですよ。
妹　何よ、それ？

男　記憶です。
妹　あたしに過去はないわ。思い出すのは嫌。
男　語ることで記憶の垢を洗い流すんですよ。聞こえてきませんか？　盛大な歓声と拍手。ほら舞台です。照明が眩しいでしょう？
妹　……（自分のなかに浸って微笑み）これは思い出なんかじゃない。今だってそう、今だって……。
男　舞台から降りて劇場を出たベイビー・ジェーンはどういう女の子だったのかな？
妹　女の子だった？
男　失礼。過去形ではないですよね。どういう女の子なのかな？
妹　……パパの選挙の時。
男　選挙の時？　いいですねえ。可愛いジェーン、さあ語って。
妹　あたいは十歳。仕立てたばかりのドレスを着て、パパや大勢の大人たちと選挙カーの屋根に上がった。子供はあたいひとりだけ。五月の日の光りが眩しかった。あたいは『パパへの手紙』を歌った。応援に来ていた人気司会者が「どんなパパ？」と聞くので「世界一ハンサム」と答えた。まわりのみんなが笑ってくれた。あたいはみんなが喜んでくれるのが幸せだった。
男　いいですねえ。もっと語って。

妹　パパは全国区でトップ当選したわ。「おまえのおかげ」と言ってくれた。女優の幸福ってこういうことなの。……女優の人生ってわかりやすくて紋切り型でなくっちゃ。

男　お母様はどのような方でいらした。

妹　ママ？　ママはブランチのことが好きだった。ママはパパを愛してなかった。パパはそのことを知っていた。だから選挙に出た。当選してママに褒めて欲しかった。でもママは知らん顔だった。パパはずっとママに認められたいとだけ思って生きた。だからママが死んでしまってパパの人生も終わった。

男　事故のことをお伺いしたい。

妹　事故？　なんの？

男　あなたがパーティの帰り、酔って運転されて……

妹　（耳を塞ぎ）言わないで！

男　車には桜子さんも乗ってたんですね？

妹　……桜子。

男　ブランチさんの娘さんです。

妹　ブランチの娘?!　誰から聞いたの？

男　ブランチさんです。

妹　どういうことよ。

男　あの事故で亡くなったと。

妹　そうなの……あの女、そういうことを言ったんだ。

男　ええ。

妹　桜子はあたしの子です。

男　えっ？

妹　あたしの娘です。以上。もう嗅ぎ回るのはおよし。

男　嗅ぎ回るだなんて。あなた主演の劇のためです。

妹　裏切ったら承知しないからね。ブランチよりあたしのほうがデビューが早いんだよ。

男　知っています。

妹　ここで女優といえばあたしのことを指すんだよ。あたしのおかげであの女はのし上がったんですから。全部全部、あたしのおかげ。それなのにあの女は自分の力で女優になった顔をして。あの女が女優ぶるのを見ると殺してやりたくなるのよ！（原稿を床に叩きつけ）『オイディプス姫』をお書きなさい！

　妹、出て行く。男、原稿を拾う。

男　殺してやりたくなるか……やめだやめだ、やっぱりやめだ。ババアどもの世話は。

居間の空気が変化する。少女の声がする。それは先ほどのジェーン人形の声だ。

声　嘘つき。
男　ん?
声　嘘つき。
男　え?
声　ママたちをいじめるのはやめて。
男　いじめられてるのは、こっちのほうだ。
声　だって嘘つきじゃない。その戯曲のヒロイン、ジェーン、ブランチ、どっちがやるの?
男　まあ、どっちでもいいんだ。
声　男の人ってみんな嘘つきね。
男　君はいくつだ?
声　まあ。失礼ね。
男　男にだっていろいろ種類がある。決めつけないほうがいい。
声　言い方を変えるわ。作家ってみんな嘘つきね。

男　なかなかおませだな。
声　あたしのこと怖くないの？
男　なんで怖がらなきゃいけないんだ？
声　たいていは怖がるのに。
男　どうせお化けだろ？
声　まあ。失礼ね。
男　この世で一番怖いのは生身の人間だ。
声　初めてのタイプだわ。
男　その口調、大女優さんとそっくりだ。
声　大女優ですもの。
男　尻尾を出しましたね。ブランチさんなんでしょ？……ほうら黙った。図星なんだな。
声　違うわ。ブランチはあんな体で引退してる。ジェーンはアル中。可哀想な人たち。だから惨めな人たちをいじめるのはやめて。
男　そういうこと言っていいのかね。
声　誰もが思っていることを言ってるだけよ。惨めだわ、過去にすがるしかない人たちって。ああいうふうにはなりたくないわ。
男　君は誰なんだ？

声　想像なさい。作家でしょ。
男　……ぼくにどうして欲しいんだ？　この屋敷から出ていけってことか？
声　そのつもりでしょ？
男　ああ。インチキ幽霊屋敷にはおさらばだ。
声　本当は怖いのね。
男　生身の人間たちでがちゃがちゃしてる街に戻りたいんだ。
声　お馬鹿さんね。外では誰もあなたなんか相手にしないわ。
男　ほう。批評するね。
声　ここはあなたを認めている者ばかりなのに。
男　……。
声　止めないわ。出ていくというなら出ていって。あなたを見込んでいる者たちを捨てて。
男　書き続けろってこと？
声　あたしのために書いて。
男　あたしのために？
声　約束よ。
男　ちょっと待てよ。
声　あなたは才能があるわ。

男　才能……久しぶりに投げかけられた言葉だ。

声　ひとりにしないで。

男　君は誰なんだ？

声　ひとりにしないで。ひとりにしないで。ひとりにしないで……

声が消えたのをみとめて男、姿見に近づき、布を取る。鏡のなかにジェーン人形と妹が立っている。妹はジェーン人形と同じ服装をしている。

男　！

ジェーン人形と妹が消え、白い顔の女が現れてすぐに消える。何者か判別できないが、その一瞬は恐怖の印象を残す。

男　！

と棺桶の蓋が不意に開く。なかには血まみれのスティーブが立っている。

男　スティーブ?!
スティーブ　ああ。おれだ。
男　君……ここで何が……
スティーブ　気をつけろ、サム。逃げるなら今のうちだ。
男　その血は、何があったんだ?
スティーブ　出ていくなら今だぞ。おれみたいに中途半端だとこうなる。最後まで連中とつき合うか、とっとと逃げ出すかだ。
男　逃げるよ。
スティーブ　それなら今だ。逃げろ。

男、行こうとするが、立ち止まる。

スティーブ　どうした?
男　依頼された戯曲だ。
スティーブ　それがどうした?
男　依頼された戯曲を投げ出すっていうのは、劇作家として失格じゃないかな。
スティーブ　勝手にしろ。忠告はしたからな。

男　ここで何をしてるんだ？
スティーブ　見ての通りだ。悪魔との約束を果たさなかった。それでやられた。
男　悪魔？　誰のことだ？
スティーブ　女優だ。
男　どの女優だ？
スティーブ　自分が一番きれいで才能があると自負しているやつさ。
男　みんなそうじゃないか。
スティーブ　悪魔に書くなんざ安請け合いするもんじゃない。
男　書かなかったのか？
スティーブ　書いたさ。
男　途中までだろ？
スティーブ　……。
男　君は途中までしか書けなかった。それでくびになった。そうだろ？
スティーブ　そう思いたいなら、それでいい。
男　その血糊を拭けよ。

スティーブ、棺桶に戻って行く。

男　本当はおれに書いて欲しくない。そうなんだろ？

スティーブ　（棺桶のなかから）忠告はしたからな、サム。

棺桶の蓋が閉じられる。

男　下手な芝居はやめろよ、スティーブ。
おれは書くよ。おれは君とは違うぞ。負け犬にはならない。おまえが上げられなかった劇を書き切ってやる。カムバックだ。おれの華々しいカムバックだ。ちきしょう、おれはやるぞ、スティーブ。

手にしていた原稿を破り、棺桶の蓋を開く。誰もいない。

男　手品か。……そうか。さては君、まだ書いてるな。書いてるだろ？　どこに隠れてやがる？　スティーブ、スティーブ……（出て行く）

妹がジェーン人形の格好をして入って来る。妹は『パパへの手紙』を歌い、踊る。やがて姿見の前まで来て自分の顔を見る。

妹　あーっ！　誰、この年寄りは！（振り返り、うずくまる）

声　ジェーン。

妹　！

声　ジェーン。なんでハンドルを握ったの？

妹　やめて。

声　なんでアクセルを踏んだの？

妹　そんな目であたしを見ないで。なんにも覚えてないんだから。あたしが運転していた？　轢いた？　ブランチを？　桜子は？　桜子はどうしたの？……あーっ！

妹、倒れる。姉、執事が入って来る。

執事　（妹に近づき）気を失われたようです。

姉　寝室に運んでやって。

執事　かしこまりました。

姉　馬鹿な子。思い出に浸ろうとして、逆に苦しめられてる。

執事、妹を抱えて出て行く。

姉　（つぶやく）疲れた。……なんだか本気で人生に疲れたわ。

と、どこからか「ブランチ、ブランチ」というささやき声がする。

姉　！

影のような存在の母が階段の上に立っている。

姉　ママ。出て来てしまったの、ママ。ごめんなさい。心配かけてしまって。大丈夫よ、私たち、しっかりふたりでやってみせるから。

母の頭上にマフラーが降ってくる。それを階段の手摺りに結んで首を吊ろうとする。

姉　だめ。だめよ、ママ。（必死で近づく）ママ、だめだったら。

姉、マフラーを解いて手にする。母とマフラーの裾を引っ張り合う。

母　あなたの番よ、ブランチ。

姉　え？

母　演じるのは、あなた。（マフラーを放して）さあ、お稽古の時間ですよ。

男1が出て来て、作り物とわかる生首を掲げる。男2が姉の肩にサロメの衣装を掛ける。

執事が戻って来て、

執事　始めてください。

姉　だめよ。これはジェーンの衣装……。

母　やるのよ、ブランチ。さあ、台詞を。

姉　「ああ、おまえはその口に口づけさせてくれなかったね、ヨカナーン。さあ！　今こそその口づけを。この歯でかんでやる、熟れた木の実をかむように。あたしはおまえの口に口づけするよ、ヨカナーン。でもどうしてあたしを見ないのだい、ヨカナーン？　その目をおあけ、まぶたを開いておくれ、ヨカナーン。おまえは少しもあたしを欲しがらなかった、ヨカナーン。おまえはあたしにひどい言葉を投げつけた。まるで淫売か浮気女のように扱った、このあたしを、サロメを、エロディアスの娘、ユダヤの王女を！」

生首は階段に移動して上がって行く。姉はそれを追いつつ、

姉「ヨカナーン、恋しているのはおまえだけ。ああ！　ああ！　どうしておまえはあたしを見なかったのだい、ヨカナーン。一目でいい、あたしを見てくれさえしたら、きっと愛しく思ってくれたろうに。恋の測り難さに比べれば、死の測り難さなど、なにほどのことでもあるまいに。恋だけを人は一途に思うておればよいものを。」

母は消えている。姉、階段の最上階に着いた生首に接吻する。

姉「ああ！　あたしはとうとうおまえの口に口づけしたよ。おまえの唇は苦い味がする。血の味なのかい、これは。いいえ、そうではなくてそれは恋の味なのだよ。恋は苦い味がするとか……。」

姉は演技に集中するあまり、気がついていなかったが、首は妹が男1から奪い取っている。

姉　（気がついて）ジェーン……。

いきなり妹、階段から姉を突き飛ばす。倒れる姉。妹、姉の体を二回三回と蹴る。

妹　（男たちに）おまえたち、整列！

男たち、並ぶ。

妹　どういうつもりなんだ！
執事　申し訳ございませんでした。
男1　すみません。
男2　もうしません。
妹　この女が金輪際演技できないようにしてちょうだい。わかったわね？
男たち　……。

妹　わかったのか?
執事　かしこまりました。

7

恐らく数日後。居間。妹がジェーン人形の衣装を着て、にこやかにしている。棺桶には荒縄が縛られている。

妹　(歌う)チョーコ、チョーコ、チョコキャンディ。くるくる回るよ、チョコキャンディ。チョーコ、チョーコ、チョコキャンディ。ぽちぽち食べようチョコキャンディ。(歌い終え)あら、ジェーンちゃんの大好きなチョコキャンディがもうないわ。ねえ、ねえったら。

執事が入って来る。以後、妹は相手、状況によって話し方が変化する。幼児返りしたかと思うと不意に現在に戻ったりというふうに。

妹　(幼児がしゃべるように)チョコキャンディがないわ。切らしちゃだめだと言ってるでしょ。

執事　申し訳ございません。

妹　今すぐ買ってきて。

執事　しかしもうすぐお客様が……

妹　今すぐじゃなきゃイヤ。

執事　かしこまりました。

男が入って来る。疲労困憊の態。

男　おはようございます。

妹　あら、ずいぶんお会いしていなかった感じがするわ。

男　ええ。ずっとこもっています。

妹　ホンの進み具合はいかがかしら？

男　（目を血走らせて）もうすぐ傑作が仕上がります。

妹　まあ、楽しみ。

男　ブランチさんを見かけないようですが。

妹　そうね。

男　どうなされたんですか？
妹　おおかた、若いツバメでもできて、どこぞのモーテルでしけこんでるんでしょうよ。
男　はあ？
妹　あら、何かご不満なの？
男　いえ別に。（棺桶の荒縄に気がつき）こりゃ一体なんです？（と触ろうとするのを執事が止める）わかった。わかったよ。
妹　早くあたいのお芝居の台本読みたいわ。
男　ゴールは間近です。
妹　頼もしいわ。（執事に）おまえはとっととチョコキャンディを買ってくるんだよ。
執事　かしこまりました。
妹　ついでにアイスクリームも買ってきて。ストロベリーの、おっきいの。

執事、礼をして出て行く。男は妹のあからさまな異様ぶりに戸惑い、

男　あの……
妹　なあに？
男　外の空気でも吸ったほうが……

妹　おさんぽのこと?

男　……はい。

妹　じゃあパパを呼んできて。

男　パパ……

妹　おさんぽは決まってパパといくのよ。呼んできて。

男　お父様は写真立ての写真のなかにおられます。

妹　変な人。

男　書斎にこもらせていただきます。(出て行く)

妹　感じ悪。チョーコ、チョーコ、チョコキャンディ。みんなが食べたいチョコキャンディ。チョーコ、チョーコ、チョコキャンディ。おなかをこわしてチョコキャンディ。ぶりぶりぶりぶりぶりーっ。

見知らぬ男が颯爽と入って来る。その男、ジョー・ギリス。

ジョー　あの誰もお出にならないので、勝手に入って来ました。

妹　まあ。この家はそういう方ばかりね。

ジョー　今朝、伺う約束で来ました、劇作家のジョー・ギリスです。

妹　劇作家？

ジョー　ええ。募集広告を見まして。

妹　（立ち上がり）あらまあ、そうでしたの。女優のジェーン・スギハラです。（大袈裟な身振りでお辞儀をする）

ジョー　（戸惑い）……どうも。ぜひお会いしたいと思いまして。

妹　それはそれは。

ジョー　伝説の子役ジェーンさんと大女優ブランチさんとね。

妹　……。

ジョー　私のことはご存じですよね？

妹　……は？

ジョー　ジョー・ギリスです。『サンシャイン大通り』を書いた。

妹　はあ？

ジョー　『サンシャイン大通り』ですよ。中野ブロードウェイで大ヒットした舞台です。ご存じない？

妹　劇場には滅多に行かないもので。

ジョー　そうかあ。知らないのかあ。珍しいなあ。あの、勘違いしちゃいけませんよ。私は借金取りから逃げ回ってここに迷い込んだ二流劇作家じゃないんです。『サンシャイン

妹　大通り』のジョー・ギリスです。自分で言うのもなんだが、今や肩で風切って劇場街を歩く気鋭の作家です。そうした私がなぜあなた方を訪ねて来たのか、わかりますよね？

ジョー　さあ。わからないわ。

妹　ほんと珍しい人だなあ。あなた方を劇にしたいんです。

ジョー　まあ。うれしいわ。でも姉は体の具合が悪いので無理です。

妹　それならジェーンさん、せめてあなただけでも……

ジョー　そうなさい。実のところ申し上げますとね、もう何人もの劇作家がここに逗留してらしてね、あたし主演の戯曲を執筆中ですの。

妹　へー、そうなんだ。

ジョー　競争してお書きになってるのよ。

妹　私のが一番に決まってますけどね。

ジョー　部屋はまだまだ空いてますからね、ご心配なく。

妹　どういう意味ですか？

ジョー　ここにおこもりになって書いていただくのが、ここの流儀ですので。

妹　私はジョー・ギリスですよ。

ジョー　ええ。

ジョー　今や演劇界を牽引するジョー・ギリス。
妹　せいぜいひっぱってくださいな。
ジョー　ここに泊まることはできません。忙しい身ですので。
妹　では、さようなら。
ジョー　そんな簡単に断っていいんですか？　あなたの役にはテラオカ・アユミをキャスティングするつもりなんですよ。
妹　テラオカ・アユミ？
ジョー　ええ。今を時めく新進女優です。
妹　その方が何をやられるの？
ジョー　ですからあなたの役です。ジェーン役ですよ。成人になった元子役女優の苦悩。彼女ならできる。
妹　は？
ジョー　は？
妹　はあ？
ジョー　はあ？
妹　あなた、あたしの劇を書くんじゃなくって？
ジョー　あなたの劇ですよ。

妹　だからあたしの劇ね？
ジョー　あなたをモデルにした劇です。
妹　あたしが演じる劇じゃないの？
ジョー　えーっ?!（笑い）そんなことはあり得ない。
妹　あり得ない?!　なぜ？
ジョー　あなた、引退なされてるでしょう？
妹　してないわよ！
ジョー　してなかったんだ！
妹　あたしの役はあたしがやります。
ジョー　やりますってあなた、年齢が合わない。
妹　あたしのサロメをご覧になってないの？
ジョー　見ていません。
妹　なんで見てないのよ？
ジョー　生まれてませんでした。
妹　なんで生まれてないのよ。馬鹿。
ジョー　馬鹿？
妹　見てご覧なさい。これがあたしのサロメ。（立ち上がり、ポーズを取って）「ああ！　あたしはとうとうおまえの口に口づけしたよ、ヨカナーン。おまえの唇は苦い味がする。血の味なのかい、これは？……いいえ、そうではなくて、たぶんそれは恋の味なのだよ。恋は苦い味がするとか……でも、それがどうしたのだい？　どうしたというのだい？　あたしはとうとうおまえの口に口づけしたよ、ヨカナーン、おまえの口に口づけしたのだよ。」

ジョー　……終わり？

妹　終わり。

ジョー　ワッハハハハハハハ。

妹　なによ、それ？

ジョー　よく台詞を覚えてますねえ。

妹　は？

ジョー　その年でよくすらすら出るもんだ。

妹　それだけ？

ジョー　いやあ、こりゃいいもん見せてもらった。

妹　そうでしょ？

ジョー　いやあ、これは笑えますよ。コメディとして書けそうだな。

妹　コメディ？

ジョー　今回のとは別に考えさせてもらいますよ。

妹　あなた、よおくご覧にならなければいけないわ。どこがコメディなの？「ああ、あたしはとうとうおまえの口に口づけしたよ、ヨカナーン。」（ジョーに迫る）

ジョー　（後ずさり）やめてください、ワッハハハハ。気持ち悪い。ワッハハハハハハ。

妹　……。（不意に出て行く）

ジョー　あれ？　どしたんです？

ジョー、妹の動向を窺おうとして立ち上がる。棺桶のなかから「助けて」という声が微かに聞こえてくる。

姉　（棺桶のなかから）助けて……助けて。

ジョー、棺桶に縛られた荒縄を解き、蓋を開く。棺桶のなかのげっそり疲弊した姉が露わになる。

ジョー　これは……

姉　助けて。

ジョー　あなたは……
姉　ブランチです。
ジョー　あなた、ブランチさん⁈
姉　助けて。

ジョー、姉を棺桶から出してソファに座らせる。

ジョー　待っていてください。今救急車を呼びます。
姉　このままにしておいて。ほっといてちょうだい。
ジョー　ほっとけますか。洒落にならない、こいつは警察沙汰だ。（行こうとする）

姿見の布が落ちて電球が光り始める。

ジョー　（立ち止まり）ん？

鏡面が異様に輝き、鏡のなかから声がする。

声　あたしじゃないのね。

ジョー、鏡に近づく。銃声がする。鏡の向こうから銃が発射されたようで、ジョーは吹き飛んで倒れる。黒のアイパッチをしてライフル銃を持った妹が戻って来る。ジョーに近づいて見下ろし、

妹　ひーっ。……あの子ったら、またやってしまった。
姉　ジェーン、終わりよ……
妹　警官がくる。また警官に取り囲まれるんだ。ああ、嫌だ、またあそこに入れられるのは嫌！
姉　もう終わりよ、ジェーン。
妹　だいじょうぶよ、おねえちゃん。警官たちがくる前に逃げましょ。（ソファに座る）
姉　無理よ、ジェーン。もう動けないわ。
妹　一体誰がこんなことしたの？
姉　あなたよ。
妹　あなたって誰？　あたいは、あたいよ。

執事が帰って来る。死体を見て、

執事　これは……
妹　チョコキャンディは買ってきた？
執事　はい。
妹　アイスクリームは？

執事、紙袋を妹に渡し、

執事　どなたがこれを……
妹　桜子ちゃんよ。
執事　またですか。
妹　桜子ちゃんがやったの。いけない子は桜子ちゃんよ。

男が疲労困憊の態でふらふら入って来る。訪問時の自分の服に着替えている。

男　出来上がりました。ホンが上がりました。

執事　（無視して大声で）清掃時間！

男　（異様な空気に気がつき）なんだい？（死体に気がつき）……ジョー・ギリスじゃないか。

（ひきつり後ずさりしつつ）ひさしぶりだな、ジョー。

男1、男2が入って来る。

執事　（男1、男2に）今度はこれだ。

男1、男2はジョーの死体にとりかかる。

男　何やってんだ？

執事　地下室に運ぶのです。よろしければご一緒にどうぞ。

執事、男1、男2は死体を運んで出て行く。

男　……戯曲が完成したんです。ぼくは街に戻ります。

妹　まだ先があるわ。

男　は？
妹　あなたは地下室を手伝って。
男　地下室……。スティーブ？（戸惑いつつも男たちを追って出て行く）
妹　おねえちゃん、チョコキャンディ食べる？　アイスクリームにする？
姉　……。
妹　いけね。だめだったんだっけ。おねえちゃんにあたいの好きなアイスクリーム食べて欲しかった。でもおねえちゃんはいっつも食べてくれなかった。意地悪されてるのかと思ってたら、大きくなってからやっとわかった。おねえちゃんは甘いのが苦手だったんだ。ポテトチップスが好きだった。まーるい塩オセンベが好きだった。取ってくるね。
姉　いいから。ここにいてちょうだい、ジェーン。私はもうだめかも知れないから。
妹　何言ってるの？　だめよ、死んじゃだめよ。あたいはずっとおねえちゃんを頼りにしてきたんだから。おねえちゃんがいなくなったらあたいも消えてしまうんだから。
姉　恨んでない？
妹　そんな。たったひとりの肉親なのに。ずっとふたりきりで生きてきたんじゃない。
姉　言っておきたいことがあるの。
妹　もう口をきいちゃだめ。

姉　私はずっと黙っていた。だからあなたに恨まれるのは当然だと思っていた。
妹　恨んでなんかないってば。
姉　あの事故のこと。
妹　言わないで。
姉　運転していたのは私だった。あなたではなく私だった。あの夜のパーティであなたは私の物真似をして笑い者にした。帰って来て門を開けに降りたのはあなたのほうだった。私はあなたを轢いてやろうとアクセルを踏んだ。あなたは避けて助かった。私は車から這い出て助けを求めた。あなたは逃げた。何も覚えていないあなたを知って事故をあなたのせいにした。あの時からあなたはゆっくり醜くなっていった。

妹　……あたいたち、無駄に憎み合っていたのね。
姉　やっぱり憎んでたのね。
妹　ううん、もういいの。もういいから、ふたりで逃げましょ。もうすぐおまわりが来るからその前にどこか暖かいところに行きましょ。

姉　私はもう無理よ。
妹　がんばって。あたいがついてるから。
姉　いいえ。もう無理。もう一度棺桶に戻して。やっぱりあそこが一番落ち着く。もしかしたら、私って最初から死んだまま生まれたのかも知れない。人生は死人の夢ね。晴れやかな思い出も華々しい栄光もみんな死人の夢。生きた現実だと勘違いしてはしゃいだ報いが今の私。ジェーン、私を棺桶に戻して。

妹　わかったわ。

妹、姉を棺桶に戻す。

妹　もう現実を見るのはやめましょ。現実はもうたくさん。目を閉じたまま、あの頃に帰るの。パパもママもいて、あたいたちのまわり全部がにぎやかで元気一杯だったあの頃に。

妹、姉に折り重なるようにして棺桶のなかに入る。

姉　何をするの、ジェーン。

妹、棺桶の蓋を閉める。呆然と男が戻って来る。執事が後から来る。

執事　五体とも全部劇作家の遺体だ。

男　なんてこった……やっぱりスティーブは……

執事　あれは一番最近だから腐敗も進んでいない。

男　なんで……

執事　書かなかったからだ。

男　書かなかったから？

執事　書けなかったというほうが正しいな。おまえは心配いらない。おまえは書いた、書き上げたんだ。もう立派な共犯者だ。

男　（出ようとする）

執事　どこへ行く？

男　ここを出る。

執事　戯曲を置いて行くのか？

男　……。

男、出る。執事、床に落ちていたライフル銃を取り上げる。男は原稿を持って戻って来る。執事は男に向けてライフル銃を構える。

執事　せっかく書いたってのに、出て行くっていうのか？　外の世界に持って行ったって無

男　駄だ。誰も相手にしない。ここにいれば確実に演じ手はいる。そうなればおまえを含めたみんながここで幸せになれる。（銃を下ろし）それでも出て行くっていうなら勝手にしろ。私はもう疲れた。一介の演出家に戻らせてもらうよ。（出て行く）……（考えている）みんなが幸せになれるか。殺し文句だな……。ジェーンさん、ブランチさん、どこですか？　戯曲を読んでください。あなたたちのために戯曲を書きました。おふたりが主役です。いがみあうのはもうやめだ。ホンが上がりましたよ！

姿見の電球が光り始める。鏡のなかにジェーン人形がいる。

声　あたしの劇じゃないのね？

男　（鏡を見て）！

声　あたしがやるんじゃないのね？

男　君は誰だ？

声　やっぱり嘘つきだ。

男　おまえは誰だ？

声　約束を破ったのね。

男　幽霊だなんて言わせないぞ。

声　女優よ。一番の女優。ママたちはあたしの美貌と才能を妬んで閉じ込めたの。ずっとずっとよ。でもママたちの時代は終わった。これからやっとあたしの舞台が花開くわ。

男　なんだこのトリックは……

男、鏡に向かう。ジェーン人形が男の背に隠れて見えなくなる。男に何か衝撃が与えられた様子。振り返る。男の胸に短刀が刺さっている。よろよろと鏡から離れる。鏡のなかに人形と同じ衣装の女が立っている。幼女でも少女でもないが自分ではそう思い込んでいる白い顔をした女、すなわち桜子である。桜子、鏡から出て来て、男の手から原稿を奪い取る。

桜子　みんな、お稽古の時間よ！

男1、男2が走って来る。

桜子　見て、このホン。（と原稿を掲げ）主役はあたし。あんたたちの第二の人生の幕開けよ。さあ、始めましょう。

桜子、階段の上に消える。男1、男2、うれしげに追って去る。男はそのまま呆然と立ち尽くしている。

男　そういうわけで、死んでいます。元気な死体です。長い時間身の上話におつきあいいただいてありがとうございます。……今はもう落ち着いた気分です。緑の木々が梅雨の長雨を待つ六月の死体。死体っていうのは体温がないからとても便利です。つまり、私は成長して死体になったんです。成長していろいろなことがわかってきました。桜子は二十五年前の事故で死んではいませんでした。事故のせいで精神を病んでからというもの、二階の奥の部屋にずっと閉じ込められていた。この家で繰り広げられた作家殺しと幻影のトリックはすべて桜子の仕業だった……とまあ、こうして謎解きが完了するわけですが……

スティーブが現れる。

スティーブ　桜子は死んでるぜ。
男　おっと。
スティーブ　あれは全部ジェーン人形がやったことだ。死人のおれたちが語り合う世の中だ。人形が人を殺すことだってあり得る。
男　それが君のストーリーか。スティーブ。
スティーブ　サム、待ってたよ。
男　結局それを望んでたな。
スティーブ　ああ。
男　お互いの不運な身の上を語り明かそうか。
スティーブ　そうとも言えないさ。もうあくせく競争しなくていいんだ。仲間もいるし飽きないぜ。
もっともジョー・ギリスのやつは死んでも嫌なやつだけどな。

執事が出て来る。

スティーブ　そら、おまえの書いた劇が始まるぞ。
男　ぼくの？
スティーブ　おめでとう。やったな、おまえ。
執事　ゲネプロを開始いたします。ご登場を願います。

棺桶の蓋が開く。両眼を潰した姉妹が棺桶から出て来る。姉は片手を妹の肩に置いている。

姉　ここはどこ？

妹　お気の毒なオイディプス姫。さあ、この天然石にお座りなさいませ。お年寄りには長い道中でした。

姉　そばにいるのね、ジェーン。

妹　目の見えない女王の娘アンティゴネです。

姉　どこかに座らせて。何も見えない私を守って。

妹　見えないのはあたくしも同じです。もう見たくない、栄光の過去なんか。おしよせる未来なんか。

姉　もう今だけで十分。何も見えない今だけで。

妹　人の一生は計りがたいもの。人間、死ぬ間際まで幸せを言ってはなりません。苦悩を乗り越えて彼岸の向こうにたどり着くまで、幸せだったなどと言ってはなりません。

家の壁が崩れて向こう側が現れる。姉妹の両眼がしっかり開かれる。

執事　ここはもう外です。

妹　ここはもう外……微かな風が流れている。柔らかく冷たい空気。乾いていて湿った匂い。ここは劇場！

姉　本番の時間がやってきてしまったのね。

妹　主役はどっち？

姉　お客様の前よ。

妹　あたしね。

姉　さあ、笑顔をふりまきましょう。

妹　（満面の笑みで）あたしね！

姉妹は向こう側に現れた舞台と客席にゆっくり歩いて行く。残された者たちはふたりを見送る。姉妹は、舞台の目映い光に向かって寄り添い、離れ。また寄り添い、離れ……

幕。

この戯曲は映画『何がジェーンに起こったか?』、映画『サンセット大通り』からインスパイアされました。『オイディプス王』ソポクレス（福田恆存訳）。『コロノスのオイディプス』ソポクレス（高津春繁訳）から一部参照させていただきました。『サロメ』オスカー・ワイルド（福田恆存訳）から引用させていただきました。

あとがき

「ハイ、みなさん、こんばんは。今日の映画はコワイです、コワイですねえ。どうかお子様は寝てくださいね……」

『クリシェ』は1994年、第三エロチカの製作によって渋谷のシードホール（すでに閉館）で上演された。この劇のストーリーは1962年に製作されたアメリカ映画『何がジェーンに起こったか？』に依っている。

この映画を小学生の頃、日曜洋画劇場で見た。冒頭の台詞は放映前の淀川長治氏の解説からである。普段の解説でもコワイを連発する淀川氏自体がいつもコワイのだが、独特のイントネーションで、どこか人形を思わせる肌合いに覆われた無表情がその夜はいつにまして真剣に怖かった。本当に怖い映画なのだろうと見る前から早くもおじけたが、がんばって見たのであった。見ている間は何度も恐怖に戦慄し、その晩は布団に入っても寝付けず、トイレに行こうと居間の暗がりに踏み出すと、ソファの後ろあたりに白塗りのジェーン・ハドソンが佇んでいる気がして走り抜けたのだった。

多くの子供のご多分にもれず、英米生まれのモンスター、フランケンシュタインの怪物、ドラキュラ、狼男、ミイラを好み、日本産では『妖怪百物語』、『大魔神』、『サンダ対ガイラ』といった映画で主役を張る怪物、化け物たちをアイドルと見なす子供だったが、『何がジェーンに起こったか?』を見た頃は、怪物、化け物の恐怖とは異質の大人の恐怖映画とでもいうべきフィルムの存在を知り始めていた時期だった。

それらは怪物、化け物たちより掛け値なしに怖かった。

少年期、脳内に刻印された大人の恐怖映画をさらに挙げるとアルフレッド・ヒッチコックの『鳥』、ジョルジュ・フランジュの『顔のない眼』、中川信夫の『東海道四谷怪談』がある。

こうした少年期を前説として、1989年、第三エロチカ時代へと一気に時を飛ばす。未来社から上梓された『グラン=ギニョル 恐怖の劇場』(フランソア・リヴィエール、ガブリエル・ヴィトコップ著。梁木靖弘訳)をたまたま手にして、19世紀後半のパリで流行っていたグラン=ギニョルなる大衆向け娯楽恐怖劇の存在を知り、大いに興味を持った。訳者のあとがきには、グラン=ギニョルのテイストに似たものとして『顔のない眼』が取り上げられていたり、『東海道四谷怪談』も言及されていて、これは自分が取り組まなければならないものだと直感した。

グラン=ギニョル、すなわち大きな人形。

この言葉に触れて呼び起こされたイメージは、ハンス・ベルメールの人形であり、シュルレアリズムの観念のビジュアル化の数々であり、どこぞの路地の暗がりで遂行される猟奇殺人であり、同時に幼少期に触れたことのある見世物小屋の埃っぽい喧噪だった。

こうして〈ネオ・グラン＝ギニョル三部作〉と銘打ったシリーズの骨子が練り上げられていった。とはいうものの本家のグラン＝ギニョルに関する資料の類いは上梓されたばかりの『グラン＝ギニョル 恐怖の劇場』以外にはほとんど見つからず、もちろんグラン＝ギニョル劇の翻訳もされてはいなかった。今のようにネット、ウェヴサイトを活用する時代ではなく、戯曲翻訳は２０１０年、『グラン＝ギニョル傑作選』（真野倫平訳・水声社）まで待たなければならなかった。もし、三部作を画策している時点でこの翻訳本が出版されていたとしたら、それらをコラージュした台本、もしくは換骨奪胎で新たな恐怖劇を構想していたかも知れない。

とにかく、集められる情報はできる限り手元に置こうと、プロデューサーの中根公夫氏がパリ遊学中に入手したなにがしかを持っているという噂を聞きつけ、氏に聞くと持っていると言うので、それではみせていただきたいと、グラン＝ギニョル座の当時のポスターなどのビジュアル類の出版物のコピーをもらい、それらからなにがしかを引き出そうと、深夜長時間眺める日々を送るうちに、閃いたのは少年時に刻印された恐怖映画の換骨奪胎だった。『グラン＝ギニョル 恐怖の劇場』の訳者梁木氏が、あとがきで『顔のない眼』と『東海道四谷怪談』を挙げられているのも、当然ながら重要なヒントになっていた。

〈ネオ・グラン゠ギニョル三部作〉、『クリシェ』、『グラン゠ギニョル』、『四谷怪談・解剖室』の構想が固まっていった。それらと映画の相関関係はこうだ。

『何がジェーンに起こったか?』→『クリシェ』

『顔のない眼』→『グラン゠ギニョル』

『東海道四谷怪談』→『四谷怪談・解剖室』

映画史の表舞台に出ることがないままの『何がジェーンに起こったか?』と『顔のない眼』を取り上げることができるのがうれしかった。もっとも『何がジェーンに起こったか?』は公開当時、話題の大ヒット作だったから、『クリシェ』を見て映画に気がつく観客は多少なりとも存在したが、『グラン゠ギニョル』という、そのものずばりのタイトルで描いた舞台から、当時はカルト映画以前とも言えた『顔のない眼』を見破る人は皆無だった。

『何がジェーンに起こったか?』は今の日本ではほぼ忘れられたに等しい扱いだが、本国アメリカでは未だ巷間立ち上がるものらしく、2017年連続テレビ・ドラマで、『何がジェーンに起こったか?』撮影時のベティ・デイビスとジョーン・クロフォードの不仲ぶりを題材にした『フュード/確執ベティvsジョーン』が撮られている。ベティ・デイビスをスーザン・サランドン、ジョーン・クロフォードをジェシカ・ラングが演じていて、内幕物としてそこそこ楽しめたが、物足りなさのわけは、主役を演じるふたりがまったく怖くないという一点に尽きた。現代女優であるふたりは、あまりにスマート過ぎる。ベティ・デイビスとジョーン・クロフォードが馬鹿だったというのではないが、現代のふたりの女優に欠けているのは『何がジェーンに起こったか?』の姉妹を堂々と演じてしまう／しまえる無意識の高度な傲慢さ、他人様の陰口をねじ伏せてしまう才能の自覚と、その自信のあられもない発露ということだろうか。あるいは深い心の傷の闇に裏打ちされた光の輝きぶりとでも言おうか。

単純なキッチュさを評価するならば白塗りで化け物化するベティ・デイビスという表象のおかげでかろうじてスーザン・サランドンは救われているが、ジェシカ・ラングはあまりに普通過ぎで、1981年の映画『愛と憎しみの伝説』でジョーン・クロフォードを大熱演したフェイ・ダナウェイに軍配が上がる。もっともこの映画は、フェイ・ダナウェイの徹底した怪演、笑ってしまうほどの普通じゃないぶり、目をそむけたくなるほどの養女への虐待シーンのせいで当時大不評。これ以後フェイ・ダナウェイと監督のフランク・ペリーはハリウッドから干される運命になる。

これはジョーン・クロフォードというあの種の怪物とも呼ぶべき女優を演じるには世間の不評、バッシングといった事態も覚悟してやらねばならないことの証左であり、ジェシカ・ラングはそれを見越して意識して毒抜きのジョーン・クロフォードを造形したのかも知れない。とまあ深読みだが。

今回の上演に際しては1994年時の戯曲をかなりの部分書き直し、新作同然の体になったので出版したいと思った。同時に私が2019年12月の誕生日に還暦を迎えるにあたり、還暦祝い出版という個人的な思いも重ねられている。この劇を上演しようと思い立ったきっかけもまた、『何がジェーンに起こったか?』でまさしく元子役スターである初老の女優ジェーン・ハドソンが直面する年齢という避けられない事態と直結している。それは六十代を迎えるにあたって、体と頭がまだ確実に機能しているうちに今一度舞台俳優として自分を試してみたいという思いだった。

九〇年代後期以後から私は俳優として舞台に上がることがなくなっていった。私が舞台に上がるのはほとんど第三エロチカでのことだったので、俳優まで兼ねていると演出に隙が出るという長年抱いていた懸念を払拭してしまおうという決断だった。

2008年に寺山修司没後二十五年企画として上演した『毛皮のマリー』で私はマリーとして久しぶりに舞台に立った。公演後、これまでも自分は舞台俳優としては老いたる女という役柄に於いて力を発揮していたのではないかと気がついた。三島由紀夫『卒塔婆小町』の老婆、唐十郎『少女仮面』の老婆などであり、思い返すと自作でも女装趣味の男といった役柄を喜々として演じていたのである。

還暦を迎えるにあたり、自分が演じられそうな老婆役を探していたところ、灯台下暗し、自作の『クリシェ』にたどり着いた。

そういうわけである。

しかし、私個人のこうした事情など一切無視して、いろいろな方にこの女優を、この劇を上演していただきたい。女優がジェーンとブランチを演じるヴァージョンなどもぜひ見てみたいものである。

とにかく六十歳まで生き抜いてしまった。――私はこれまでいつもみなさま方のご親切にすがって生きてきました。

てなふうなことを言って（ちょっと違うけど）『欲望という名の電車』のブランチ・デュボアは精神病院に向かうのだが、私がこれから向かう先はどこなのだろうか。

今回の出版に際しましては、森下雄二郎氏をはじめとする論創社のスタッフの方々、装丁の町口覚氏、浅田農氏に深く感謝いたします。

２０１９年12月24日

川村　毅

上演記録

◉**公演日時**　2020年1月29日〜2月2日　あうるすぽっと

◉CAST
妹：川村　毅
姉：加納幸和
男：鈴木裕樹
執事：笠木　誠
男1：秋葉陽司
男2：松原綾央
スティーブ／ジョー・ギリス／父：伊東　潤
桜子／声／母：高木珠里

◉STAFF
演出：川村　毅
照明：浜野洋平（ファットオフィィス）
音響：原島正治
衣裳：伊藤かよみ
ヘアメイク：川村和枝
人形製作：高橋竜男（エコール・ド・シモン）
演出助手：小松主税
舞台監督：小笠原幹夫
製作：平井佳子

主催：株式会社ティーファクトリー／あうるすぽっと（公益財団法人としま未来文化財団）／豊島区

川村　毅（かわむら・たけし）

劇作家、演出家、ティーファクトリー主宰。

1959年東京に生まれ横浜に育つ。

1980年明治大学政治経済学部在学中に第三エロチカを旗揚げ。86年『新宿八犬伝 第一巻』にて岸田國士戯曲賞を受賞。

2010年30周年の機に『新宿八犬伝 第五巻』完結篇を発表、全巻を収めた［完本］を出版し、第三エロチカを解散。

以降3年間、新作演出による舞台創りを控え、P.P. パゾリーニ戯曲集全6作品を構成・演出、日本初演する連作を完了。

2014年リスタートと位置づけた新作演出舞台の創造を吉祥寺シアターと共に開始。

2014年『生きると生きないのあいだ』15年『ドラマ・ドクター』16年『愛情の内乱』、この三作品を収めた「川村毅戯曲集 2014-2016」を論創社より刊行。

〈自身の原点を再考する〉新作として2017年『エフェメラル・エレメンツ』（「エフェメラル・エレメンツ／ニッポン・ウォーズ」論創社刊）、2018年『レディ・オルガの人生』、2019年『ノート』（「ノート／わらの心臓」論創社刊）が続く。


2013年『4』にて鶴屋南北戯曲賞、文化庁芸術選奨文部科学大臣賞受賞。2002年に創立したプロデュースカンパニー、ティーファクトリーを活動拠点としている。戯曲集、小説ほか著書多数。http://www.tfactory.jp/

◉本戯曲の使用・上演を希望される場合は下記へご連絡ください
株式会社ティーファクトリー
東京都新宿区西新宿 3-5-12-405
http:/www.tfactory.jp/　info@tfactory.jp

クリシェ【CLICHÉ】

2020年1月20日　初版第1刷印刷
2020年1月29日　初版第1刷発行

著　者　川村　毅
発行者　森下紀夫
発行所　論 創 社
東京都千代田区神田神保町 2-23　北井ビル
電話 03（3264）5254　振替口座 00160-1-155266
装丁　町口覚＋浅田農（マッチアンドカンパニー）
組版　フレックスアート
印刷・製本　中央精版印刷
ISBN978-4-8460-1904-4　